# Is̶a̶b̶e̶l̶l̶e̶ a la varicelle!

Texte de Jane Carroll
Illustrations de Virginia Barrett
Texte français de Claude Cossette

*Éditions*
◧ SCHOLASTIC

Données de catalogage avant publication
de la Bibliothèque nationale du Canada

Carroll, Jane
    Isabelle a la varicelle / texte de Jane Carroll ; illustrations
    de Virginia Barrett ; texte français de Claude Cossette.

(Petit roman)
Traduction de: Jade McKade,
Lots and lots of chicken pox.
Pour enfants.
Publ. en collab. avec: Omnibus Books.
ISBN 0-7791-1392-6

I. Cossette, Claude  II. Barrett, Virginia  III. Titre.
IV. Collection: Petit roman (Markham, Ont.)

PZ23.C2198Isa 2002          823'.914          C2002-902098-0

Édition publiée par les Éditions Scholastic, 604, rue King Ouest,
Toronto (Ontario)  M5V 1E1 CANADA.

6 5 4 3     Imprimé au Canada     06 07 08 09

*Pour Jeanie qui ne voulait pas aller à l'école* – J.C.

*Pour Katy* – V.B.

## Chapitre 1

Isabelle Labelle aime grimper à l'arbre dans sa cour. Elle aime descendre la colline à toute vitesse dans sa boîte à savon. Elle aime jouer aux monstres et aux dragons avec ses amis d'à côté.

Mais Isabelle Labelle n'aime pas aller à l'école.

Chaque matin au déjeuner, elle déclare : « Je ne veux pas aller à l'école. »

En se rendant à l'arrêt d'autobus,
elle répète sans cesse : « Je ne veux
pas aller à l'école! »

Dans l'autobus, elle écrit avec ses doigts sur la fenêtre : « Je ne veux pas aller à l'école. »

## Chapitre 2

Un matin, Isabelle ne veut pas se lever.

— C'est le temps de t'habiller, dit maman.

— Tu vas être en retard à l'école, dit papa.

— Et je vais être en retard à cause de toi! hurle sa grande sœur Rachel.

— Laisse-moi tranquille, espèce de mouche à viande! lui lance Isabelle, couchée sous sa douillette.

Isabelle met tellement de temps à sortir du lit que sa sœur et elle manquent l'autobus. Maman dit : « Il faut que je vous conduise. Je vais être en retard au travail. Vite, montez dans la voiture! »

— Mais je n'ai pas encore pris mon déjeuner! s'écrie Isabelle.

— Apporte-le avec toi, répond maman.

— Mais je suis encore en pyjama! gémit Isabelle.

— Va à l'école en pyjama, c'est tout! réplique maman. Isabelle Labelle, tu vas à l'école et tu y vas maintenant.

Isabelle doit s'habiller dans la voiture. Pendant tout le trajet, elle répète : « Je ne veux pas aller à l'école! Je ne veux pas aller à l'école! »

Maman laisse Isabelle et Rachel dans la cour d'école. Les autres enfants sont déjà en rangs pour entrer en classe.

— Vous êtes en retard, dit maman.
Allez, dépêchez-vous!

## Chapitre 3

À l'heure du dîner, un homme vient photographier les enfants. Dans la classe d'Isabelle, les garçons et les filles se redonnent un coup de peigne et secouent leurs vêtements pour enlever les miettes du repas.

Ils se mettent en rangées : les plus petits en avant et les plus grands en arrière. Ils se placent les mains derrière le dos.

— Souriez! dit l'homme à l'appareil
photo.

Isabelle fait la moue.

— On va en prendre une autre, dit l'homme. Dites *macaroni* tous ensemble.

— Macaroniiiiiiii! font les enfants.

— Bêêêêêê! fait Isabelle en se croisant les bras.

— Toi, la petite en avant, dit l'homme, tu m'empêches de prendre la photo.

— Isabelle Labelle, où est passé ton beau sourire? demande le professeur.

— Isabelle Labelle, tu es terrible, lui chuchote son amie Sophie Lamy.

Elle sourit à Isabelle et Isabelle lui sourit en retour.

## Chapitre 4

Le lendemain matin, maman dit : « C'est le temps de te lever, Isabelle. »

Papa ajoute : « Allez, habille-toi, Isabelle! »

Rachel s'écrie : « Si je suis encore en retard à l'école à cause de toi, je vais te transformer en insecte et t'écrabouiller! »

21

Isabelle tire la douillette sous son menton et déclare : « Je me sens malade. »

— Ne dis pas de bêtises, répond maman.

— Ne fais pas semblant, ajoute papa.

— Veux-tu que je t'écrabouille maintenant? hurle Rachel.

— Mais j'ai des boutons, se lamente Isabelle. Je *suis* malade.

Et elle l'est vraiment.

## Chapitre 5

Isabelle a des boutons sur le visage et des boutons sur le ventre. Elle a des boutons sur les oreilles et des boutons dans le cou.

Elle a des boutons entre les orteils et des boutons sur le nez.

Elle ne peut pas aller à l'école. Elle doit rester au lit.

Cet après-midi-là, Rachel revient de l'école et compte les boutons qui sont sur le ventre d'Isabelle.

— Quatre cent six, déclare-t-elle. Aujourd'hui, Sophie Lamy a apporté un gâteau d'anniversaire à l'école. Elle t'en a gardé un morceau et m'a demandé de te l'apporter. Mais comme je savais que tu étais malade, je l'ai mangé.

— Ça ne me dérange pas, dit
Isabelle.

## Chapitre 6

Le lendemain après-midi, Rachel compte les boutons sur le dos d'Isabelle.

— Trois cent dix-sept, déclare-t-elle. Aujourd'hui, c'était la journée des jeux. On a fait des courses en sac et des courses avec un œuf dans une cuillère. Il y avait aussi un château gonflable.

— Et puis après? dit Isabelle.

L'après-midi suivant, Rachel compte les boutons entre les orteils d'Isabelle.

— Soixante-trois, déclare-t-elle.
Demain, tous les enfants de l'école
vont au parc d'attractions.

— Est-ce que je peux y aller? demande Isabelle.

— Tu dois rester au lit, répond Rachel. Tu ne peux pas y aller.

## Chapitre 7

Le lendemain après-midi, Rachel compte les boutons dans le cou d'Isabelle et sur ses oreilles. Elle s'exclame : « C'était super au parc d'attractions! J'ai mangé un hot dog, des croustilles et de la barbe à papa. »

— Puis, j'ai essayé le « tourniquet » et je n'ai même pas été malade. Sophie Lamy a dit qu'elle aurait aimé que tu sois là.

Isabelle ne dit rien. Une grosse
larme coule sur sa joue.

Ce soir-là, quand maman vient l'embrasser pour la nuit, Isabelle lui demande : « Maman, quand est-ce que je pourrai retourner à l'école ? »

— Quand tes boutons auront disparu et que tu te sentiras mieux, répond maman.

Elle examine le ventre d'Isabelle. « Beaucoup de boutons ont déjà disparu. Tu iras mieux bientôt. » Elle embrasse Isabelle et lui souhaite bonne nuit.

## Chapitre 8

Quand les boutons ont tous disparu et qu'Isabelle se sent mieux, maman va la conduire à l'école.

Isabelle et Rachel entrent ensemble dans la cour d'école. Les enfants de la classe d'Isabelle viennent à sa rencontre.

— Tu peux t'asseoir à côté de moi au dîner, dit Sophie Lamy. Puis elle ajoute : « Tu sais quoi ? Il y aura un défilé de conte de fées ! On va se costumer et je serai la princesse. »

— Et moi? demande Isabelle.

— Tu es le dragon, répond
Sophie.

— Parfait, déclare Isabelle. J'aime faire le dragon.

## Chapitre 9

Toutes les mamans et tous les papas viennent assister au défilé. Ils applaudissent et crient *Hourra!*

La maman et le papa d'Isabelle sont ceux qui applaudissent le plus fort.

Après le défilé, le professeur prend une photo des enfants costumés.

— Regardez par ici, dit-il. Dites *macaroni!*

— Macaroniiiiiiii! font le roi, la reine, la princesse, la sorcière et tous les lutins et les fées.

47

— Bêêêêêê! fait le dragon. Et il éclate de rire.

## Jane Carroll

Lorsque ma mère était une petite fille, elle ne voulait pas aller à l'école. Elle longeait le mur de brique de sa maison en chantant : « Je ne veux pas aller à l'école, je ne veux pas aller à l'école. »

Un jour, elle est devenue très malade. Elle est restée au lit pendant des semaines. Après un certain temps, elle a commencé à s'ennuyer à la maison. Elle voulait retourner à l'école! Elle n'arrêtait pas de chanter : « Je veux aller à l'école, je veux aller à l'école. »

Quand ma mère m'a raconté cette histoire, je me suis mise à rire. C'est pourquoi j'ai écrit l'histoire d'Isabelle Labelle.

## Virginia Barrett

Pour créer les illustrations de ce livre, j'avais besoin d'un modèle. Je devais trouver une petite fille qui ressemblerait au personnage que j'avais imaginé. Je connaissais quelqu'un qui s'appelait Tina et qui avait quatre filles. Si aucune d'elles ne faisait l'affaire, peut-être que Tina connaîtrait d'autres petites filles.

Je suis allée chez elle... et c'est une parfaite Isabelle qui m'a ouvert la porte! C'était elle, avec ses cheveux tout ébouriffés, son jeans et son sourire coquin. Quelle chance!

Merci Katy et merci Tina!

## As-tu lu ces petits romans?

- [ ] La Beignemobile
- [ ] Éric Épic le Magnifique
- [ ] Follet le furet
- [ ] Une faim d'éléphant
- [ ] Un hibou bien chouette
- [ ] Je veux des boucles d'oreilles
- [ ] Jolies p'tites bêtes!
- [ ] Une journée à la gomme
- [ ] Julien, gardian de chien
- [ ] Lili et le sorcier détraqué
- [ ] Marcel Coquerelle
- [ ] Meilleures amies
- [ ] Mimi au milieu
- [ ] Pareils, pas pareils
- [ ] Parlez-moi!
- [ ] Quel dégât, Sun Yu!
- [ ] Quelle histoire!
- [ ] La rivière au trésor